Mi amiga Berta

Berta va al médico

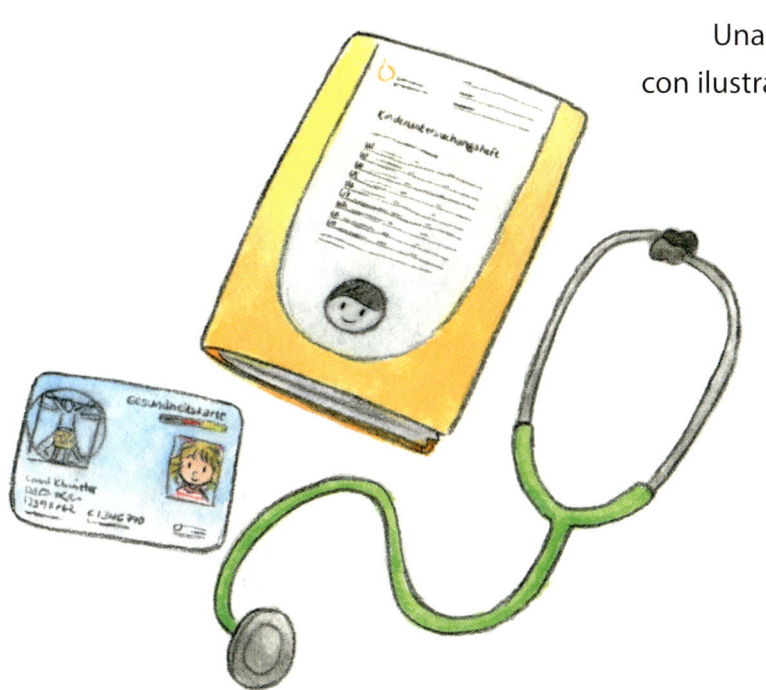

Una historia de **Liane Schneider**
con ilustraciones de **Janina Görrissen**

Traducción y adaptación
de Ana Guelbenzu y
Ediciones Salamandra

Mamá sujeta un cuaderno en la mano y dice:
—Berta, dentro de poco te toca revisión médica.
Berta quiere saber qué es. «Revisión médica»,
¡qué expresión más rara! Mamá le cuenta
que el médico comprobará que esté
sana, mirará cuánto ha crecido, cuánto
pesa y qué sabe hacer. Berta no
quiere ir al médico, aunque el doctor
Martín sea muy simpático.

Mamá y Berta miran juntas el cuaderno y mamá le cuenta cuántas veces ha ido a hacerse una revisión médica. En la primera visita aún era un bebé. En cada revisión el médico escribía cosas en el cuaderno. En la última página se ve lo mucho que ha crecido en todo este tiempo.

Una semana más tarde, mamá le dice a Berta que ese día irá a buscarla antes al colegio. Tienen cita con el doctor Martín. En el colegio, Berta cuenta que le van a hacer una revisión. Algunos niños también han ido al médico. A Lucas le encantó, porque tuvo que ponerse unos cascos y apretar botones en una máquina.

Amir cuenta que la doctora jugó con él a la pelota. Katia dice que el médico la felicitó porque sabía ir muy bien a la pata coja. Ahora a Berta le hace ilusión ir a ver al doctor Martín. Tiene muchas ganas de que llegue mamá.

En la consulta hay dos enfermeras en la recepción.
—Hola, soy Laura, ¿en qué puedo ayudaros? —pregunta una, muy amable. Mamá le da el cuaderno, el certificado de vacunación y la tarjeta sanitaria. Berta levanta su osito de peluche.
—Queremos una revisión médica.

Laura se ríe y les da un bote. Berta tiene que ir al lavabo y hacer pipí dentro del bote. No es tan fácil acertar en un botecito tan pequeño. Mamá ayuda a Berta. Ahora lo analizarán en el laboratorio. Así se puede saber si tiene alguna enfermedad que no se ve a simple vista.

Berta y mamá entran en la sala de espera. Ya hay otros niños con sus padres. Un bebé llora. ¡Seguro que le duele algo! Pero el médico acaba de llamarlo.

Un padre le lee en voz baja un cuento a su hijo. Berta se acerca a una niña que está jugando en una pared con imanes. Juntas hacen una imagen de colores. Entonces el médico llama a la niña para que vaya a la consulta. Berta empieza a montar un puzle. Pronto le tocará a ella.

Berta entra con mamá en la consulta de donde acaba de salir la madre con el bebé, que ya no llora. De repente, Berta tiene un poco de miedo. Se acerca más a mamá y abraza muy fuerte a su osito. Laura, la simpática enfermera, le pide a Berta que se quite los zapatos y se suba a la báscula. Anota el peso en el cuaderno. Berta también puede pesar a su osito.

Luego la miden para saber lo que ha crecido y lo alta que es ya. Berta tiene que quedarse quieta y muy recta. Después, con una cinta métrica casi idéntica a la del cesto de costura de casa, la enfermera le mide a Berta la cabeza.

—Ahora comprobaremos qué tal oyes —dice Laura, y le da una tabla de cartón con muchas imágenes distintas. Berta se pone unos fantásticos auriculares rojos. Son iguales que los que ha descrito Lucas en el colegio.

Una voz le dice a Berta qué imagen tiene que señalar. Unas veces las palabras vienen de la derecha, otras de la izquierda. Al principio la voz se oye alta y clara, luego cada vez más baja. Al final sólo se oye un susurro. Sin embargo, Berta señala siempre la imagen correcta y el juego le parece divertido.

A continuación, la enfermera se acerca a un cartel lleno de símbolos. Algunos son muy grandes, otros minúsculos. Berta se sienta a una mesa donde hay un aparato con botones. Laura señala una de las imágenes y Berta tiene que pulsar el botón que tiene dibujado el mismo símbolo. Si lo hace bien, suena «piupiupiu». Una vez, Berta aprieta el botón equivocado a propósito. «¡Mec!», suena, y Berta aprieta enseguida el botón correcto. Es capaz de ver hasta los símbolos más pequeños cuando le tapan un ojo con un parche de pirata.

—Tienes una vista de lince —le dice Laura.

Ahora Berta tiene que dibujar un círculo, un triángulo y una cruz. Acaba muy rápido, y por eso dibuja además al gato *Mimí*. El doctor Martín entra en la sala. Saluda a Berta y a mamá y le pide a Berta que le cuente qué ha dibujado.

El médico le enseña una imagen formada por muchos puntos verdes y rojos, grandes y pequeños. Berta enseguida ve que hay un gato escondido. También puede seguir con los dedos el ocho de la segunda imagen. El médico le pregunta a Berta cuál es su juego preferido, si le gustan las manualidades y si tiene amigos.
—Muchos —contesta, y nombra a la mitad de la clase de los erizos.

El médico se ríe y le pregunta si ya sabe desnudarse sola. ¡Pues claro que sabe! Enseguida se quita el jersey y los pantalones. Luego le enseña al doctor Martín lo bien que sabe sacar la lengua y decir «aaah». El médico le mira el interior de la boca y echa un vistazo a los dientes de Berta.

Ahora el doctor Martín quiere verle los oídos, por eso usa una especie de linterna que se llama otoscopio.

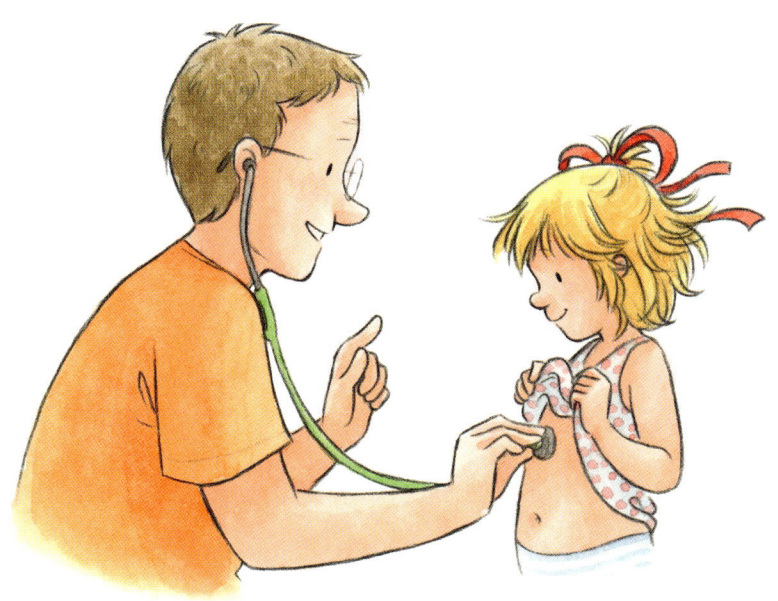

Luego el doctor le enseña a Berta un aparato que se llama estetoscopio. Primero se lo pone en el brazo. Está frío, pero no duele. Berta le dice que ella también tiene uno y que sabe lo que el doctor quiere hacer con él: auscultarla y comprobar cómo le late el corazón.

—Estás muy bien informada —se asombra el doctor, que le ausculta el pecho, la barriga y la espalda.

Ahora Berta tiene que tumbarse en la mesa de la consulta. El médico le palpa la barriga. Le hace cosquillas. Berta se ríe. El doctor Martín le examina todo el cuerpo de arriba abajo. También comprueba que debajo de las braguitas todo esté bien y que no tenga el culito irritado.

Ahora, Berta tiene que aguantarse sobre una sola pierna. Berta lo hace muy bien, incluso puede saltar a la pata coja y llegar hasta mamá. Tampoco le cuesta mantenerse en pie con los ojos cerrados, pero a la pata coja es difícil no caerse. En cambio, sabe caminar de puntillas o sobre los talones, y también hacia atrás. Y casi siempre atrapa la pelota blanda que le lanza el médico.

Berta está orgullosa de saber hacer tantas cosas, y le gustaría enseñarle muchas más al doctor Martín. Quiere hacer una voltereta o cantar una canción, pero la revisión ha terminado. Berta puede volver a vestirse. El médico apunta los resultados de la revisión en el cuaderno y comprueba el carné de vacunación de Berta. Luego charla un poco más con mamá y felicita a Berta por lo bien que lo ha hecho.

Como lo ha hecho tan bien, puede escoger un regalito de una caja que le enseña Laura. Berta toma un paquetito con tiritas de colores. Ya tiene ganas de que llegue la siguiente visita.

De camino a casa decide que cuando sea mayor será doctora. Seguro que entonces usará muchas tiritas.

Papel certificado por el Forest Stewardship Council®

Título original: *Conni geht zum Kinderarzt*
Primera edición con esta encuadernación: julio de 2021

© 2018, Carlsen Verlag GmbH, Hamburgo
www.carlsen.de
© 2021, Penguin Random House Grupo Editorial, S.A.U.
Travessera de Gràcia, 47-49. 08021 Barcelona
© 2021, Ana Guelbenzu, por la traducción
Derechos de traducción negociados a través de Ute Körner Literary Agent, S.L. Barcelona - www.uklitag.com

Penguin Random House Grupo Editorial apoya la protección del *copyright*.
El *copyright* estimula la creatividad, defiende la diversidad en el ámbito de las ideas y el conocimiento, promueve la libre expresión y favorece una cultura viva. Gracias por comprar una edición autorizada de este libro y por respetar las leyes del *copyright* al no reproducir, escanear ni distribuir ninguna parte de esta obra por ningún medio sin permiso. Al hacerlo está respaldando a los autores y permitiendo que PRHGE continúe publicando libros para todos los lectores.
Diríjase a CEDRO (Centro Español de Derechos Reprográficos, http://www.cedro.org) si necesita fotocopiar o escanear algún fragmento de esta obra.

Printed in Spain – Impreso en España

ISBN: 978-84-18637-29-2
Depósito legal: B-6.807-2021

Impreso en EGEDSA
Sabadell

SI37292